너에게 새벽별이 뜨면

너에게 새벽별이 뜨면

송반석

윤오

백유나

김나율

신윤경

성지후

강그림

Princess

전서윤

차 례

새벽 별들과 고양이의 대화   15
송반석

눈물 나는 날엔 하늘을 봐 47

백유나

그리움이 지나간 자리   61

김나율

선물처럼 내 마음에
살포시 내려앉는

나이 많은 젊은이들에게

강그림

마지막 당신을 기다리겠습니다　　133
Princess

피고 지는 모든 것들에게   157
전서윤

새벽 별들과 고양이의 대화

송반석

송반석   응애~ 나 아기 반석

인스타그램: @nanonda.song

안개꽃

꽃집에 봄이 담겨있다
그녀를 멈춰 세우던 안개꽃

이유없이 발걸음 멈춰
문자를 남긴다
꽃집에 그녀가 담겨있다고

나는 봄을 좋아한다

달

그림자 어두워질 때면
밝게 안아 그림자를 지워준다

웃음꽃이 피어날 때면
눈웃음에 가려 보이지 않는다

문득 바라보면
눈동자에 푸르게 담긴다

너는 나의

초록

힘들 때면 그대에게 받은
초록 편지를 이따금 꺼내

꾹꾹 눌러쓴 단어들을
손끝으로 읽어 내린다

따로 놀던 감정을 만지다
함께 듣던 노래가 끝나면

읽고 있던 편지를 고이 접어 다시금 넣고
필요한 위로만을 퍼내 가슴에 담는다.

반어법

처음 본 그녀의 뜨거운 눈물에
눈물 빠지게 웃었고

해님 코 고는 시간 잘 자라는 전화에
단호박 마냥 싫다 말하고

사랑하냐는 뜬금없는 질문에
사마귀를 말한다

홍조 진 나의 사랑
부끄러워 비꼬아본다.

카페

벽 표면 콘크리트는 무너지고
천장이 없어 속이 다 보이는
카페들이 사랑받는데

힘들고 지쳐 마음이 무너지고
기운이 없어 우는 모습을 보여도
우리는 널 사랑할거야

썰물

벌겋게 물든 시간 걸려온 전화
물결치는 목소리, 잔잔히 들어온다

자신의 이야기를 찰랑찰랑 보여주다
문득 어디론가 사라져 나만 남는다

걱정 모래알 함께 사라지고
나만을 두고 유유히 사라졌다

이별

물웅덩이에
빗방울이 떨어진다

작은 울림이 흘러온다

물자국을 찍어
여운을 남긴다

울림이 사라진다
아무도 빗방울을 모른다

그곳에는
물웅덩이만 남아있다

감정 덜어내기

컵에 담겨있는 이 여운을 마시면
묻어난 얼룩을 지울 수 있을까

방에 남아있는 이 잔향을 지우면
맴도는 소리가 그치지 않을까

도로에 피어난 이 꽃잎을 꺾으면
기록된 향기를 없앨 수 있을까

이 정도면 아직 괜찮아

작아진 바지를 억지로 입기 위해

터질듯한 슬픈 감정을 접고 접어

뜨거운 한숨을 참고 넣어본다

숨소리로 기울어지는 눈물이

흐르지 않도록 지퍼를 올리며

스스로 거짓말을 보태어 본다

그림

흰 종이 한 장 한참을 고민하다
구석에 작은 낙서를 그려 본다

완성 작품에 흠이라도 될까
조심스럽게 낙서 하나를 그린다

남아있는 공간에도 조금씩
또 다른 낙서 하나를 그려본다

시간이 지나 종이를 본다

종이에 낙서가 가득했다

꼬리가 귀여운 고양이 낙서
숫자로 가득한 교과서 낙서
붉은 치마입은 연예인 낙서

나로 가득한 흰 종이 한 장
남들과 달라도 괜찮은
나라는 그림 한 장

새벽 별들의 이야기

보라색 메모장, 검정 가득
사이에 빛나는, 한명 한명

안개꽃 좋아하는 별
장거리 연애하는 별
부끄러워 비꼬는 별
살찐 별과 이별
장래 희망 걱정하는 별

메모장에 담은 별들 이야기
일기도 시도 아닌
내 마음 한껏 넣은

새벽 별들과 내 이야기

시작노트 /

항상 퇴근 후 운동하고, 저녁 먹고, 씻고 고양이 자세로 누워
있으면 전화가 오곤 했는데 제가 또 이야기 듣는 걸 굉장히
좋아해서 다양한 사람들이랑 이런저런 이야기를 나누고 그
이야기를 제 일기장에 저만의 방식으로 쓰다 보니까 여기까
지 왔네요;

제가 쓴 글은 시도 에세이도 일기도 아닌 '고양이가 쓴 비스
름한 무언가' 정도로 생각해 주시면 좋겠어요 :)

여러분들은 답답하고 어두운 마음 사이 빛나는 무언가를 품고 있나요?

이야기를 좋아하는 고양이 여기 있어요

ฅ＾•ω•＾ฅ

오늘은 어떤 詩로 살았나요

윤오

윤·오   서울에서 태어나고 자랐다. 그 늦은 봄날 시가 좋아졌다. 일상의 순간을 글로 남기

고, 시를 짓는 일이 좋다. 가끔 그림도 그린다. 크리에이터(creator), 예술적 창조적

인것을 좋아하고 배우며 일하고있다.

밤눈

낮 동안의 소란함을 모두 삼키고
조용조용 쌓인다.
등불의 파편이
멀리서 날아든 솜털 씨앗처럼
이불에 눕듯이

세상의 먼지를 모두 끌어안고
사뿐사뿐 내려온다.
실패한 도자기 조각들이
기억나지 않는 습작의 한 귀퉁이처럼
발레 춤을 추듯이

유리 공장에서

긴 막대 끝에서 기다란 물체가 나오려나
기다랗게 목을 늘리는 시간

기린을 닮으면 재밌겠다.
재밌는건 못난이 인형인데
못난이 인형은 귀엽지
귀여운 거라면 강아지 발바닥
발바닥 젤리 정말 사랑스러워
사랑스러운 꽃들이 얼마나 많은데
꽃을 담아둘 투명한 꽃병이 생기면 좋겠네

시뻘건 불가마 빨갛게 투명한 춤을 춘다.

바람처럼 생각이 지나간다.
휘파람처럼 시간이 스쳐간다.
불가마 밖 폭포수 시원함은 굳은 결심의 순간

고장난 눈물

똑,
똑,
뚝,
뚝,

수건으로 애써 막아보려 해도
네 울음은 기어코 터져 나와

나의 특명은 네 울음을 잡아라, 네 눈물을 잡아라

울지마.
네가 울어서 추운 밤이 다가오고 있어.

분홍 스웨터

아끼는 고운 스웨터
고이 접어두어도 세월이 스쳐가네

마음에 든건 매일 입어야 맞지

어느덧 핑크빛 보풀처럼 대롱대롱
무심하지 않을게

딸기맛 솜사탕 묻혔던 날처럼

위험한 감기

감기라고 하기엔
너무 길고,
너무 아프다.

꽃을 쏘지 마세요

하늘에서 별 아닌 것이 떨어진다.
옆집에서 쾅 하는 소리가 들리고, 연기가 났다.
우리를 기차에 태우고
아빠는 배웅을 한다.
나의 머리를 쓰다듬고 옷매무새를 어루만지고
눈에 담은 내 모습은 자꾸 흐려진다.
봄에 꽃밭을 만들자고 약속했는데
그 약속을 지키려 전쟁터로 가신다.
꽃을 심으러 가신다.

거울

여기서는 네 모습이 잘 보이지 않는다.

너에게 가는 걸음 수를 센다.

너는 반갑다며 미소를 짓고

안부를 묻는 대신 머리부터 발끝까지

살펴본다.

앞뒤로 돌아본다.

괜찮냐는 눈빛을 보낸다.

뿌연 마음 알고 울상 짓는 너에게

호호 불어서 얼룩을 지우고

반짝반짝 닦아서

햇살처럼 웃자 나랑 같이

윤슬물고기

손에서 미끄러진 꿈은
출렁이는 강물 속에서 살아

한쪽에서 막으면 다른 쪽 강물 채 잡아 올린
살고 싶은 한 마리 꿈, 셔츠 주머니에 담아

덩달아 뛰는 푸른 마음
금빛으로 날아올라

산책

징검다리 건너듯 앞서 걷다가
뒤돌아서 기다린다.

보폭을 맞춰 나란히 걷더니
손도 슬며시 잡는다.

햇살이 너무 눈부시다고
그늘로 당긴다.

시원한거 마실까
점심은 뭘 먹으면 좋을까

길 위에 온 우주와 사물과 자연을 들러리 세우고
한걸음 한걸음
도란도란 걷는다.
그렇게 느릿느릿 걷고싶다.

옛친구

벚꽃 무리 향긋한 봄날
자전거 달리던 오래된 뚝방길
화사한 친구얼굴 벚꽃비에 숨었다.

별이 되는 시

자꾸 쉴새 없이 품에서 별이 싹을 낸다.
날아가는 별똥별의 꼬리를 따라
별들이 꿈을 꾼다.

마법의 시간을 놓친
돌아오지 못한 별들은
별무리 사이에서 맴돌고 있다.

사랑하는 법도 모르면서

시린 봄이여, 안녕
긴 시간 놓지 못한 너
사랑을 주는 법도 모르면서
사랑받아내려고만 버티고 버티고
긴 장마여, 안녕
사랑하는 법을 찾지도 못하면서
떠나보내는 법도 모르고
길 잃은 마음
가고 있는 길을 자꾸 뒤돌아보게 만들었어

바다의 독백

산다는건 끊임없이 막아내기
휘몰아치는 태풍과 거센 파도에
부딪히며 나아가는 행군

쏠려갔다 쏠려오는
아물지 못한 상처를 가리고
맞서야하는 치열한 생사의 갈림길

시작노트 /

일상이 시가 되고 시가 일상이 되는 상상을 해보았다.

가까운 일상에서 시의 소재를 찾는 편이다.

시와 가까이 있고 싶어서다.

그리고 삶의 평범한 순간 속에서 제일 많은 시간을 보내는
까닭이다.

모든 시간이 시처럼 흐르길 바란다.

순간은 특별한 평범함으로 기억된다

시공간을 초월한 시를 느끼는 순간 잠시 머물 수 있기를 바
란다.

꽃이 되고 별이 되는 하루가 되길 바라면서,

날마다 다른 언어로 시적인 하루를 맞이하고 보낸다.

어느 날, 여행길에 오르면 여행의 달콤함과

고단함도 시처럼 다가올 것이다.

눈물 나는 날엔 하늘을 봐

백유나

백유나   하고 싶은 일도 많고 세상에 궁금한 일도 많다. 새롭고 신기한 것을 보면 당장 시작

해야 하는 성급함을 가졌다. 하늘을 보며 걷는것을 좋아하고 비 내리는 날 차 안에

서 천장 위에 떨어지는 빗소리를 즐겨 듣는다. 외로움을 잘 타고 감수성이 풍부하

다. 나는 항상 특별하다는 생각을 갖고산다.

어느 밤

마음이 누군가에게 긁혀 상처가 생긴 날.
어둠속에 숨어 걷는다.
걸음마다 끌려오는 내 그림자마저 무겁다.
소리가 묻힌 골목길엔
기울어진 가로등.
불빛조차 기우뚱하다.
눈동자를 들어 검은 하늘을 담았다.
흐릿하게 맺힌 별이 날아오른다.
반짝, 뜨겁게 흘러내린다.

마음이 지나가는 길

머릿속이 구멍 난 돌처럼 아득할때는
무거운 생각을 길에 던진다.
흙투성이가 된 생각들이 굴러떨어진다.
줄에 묶인 듯 튕겨오르는 기억들.
한 줄기 희미한 빛을 섞어 꾹 꾹 밟는다.
땅에 박힌 감정들이 다시 일어나
그림자를 따른다.
오늘도 내가 걷는 길은 생각이 많아 무겁다.

아빠와 홍게

보내기 전에 미리 얘기 하래두.
서투른 투정이 전화 너머로 날아간다.
아이스박스에는 몸통보다 큰 얼음팩에 깔린
홍게들이 차갑게 누워있다.
살은 별로 없어도 맛있을거야.
설렘을 담은 아빠 목소리에 내 얼굴이 담겨있다.
게딱지를 뜯어 밥 한숟갈을 넣고 비빈다.
가위자국이 빨갛게 남은 손가락을
아빠 목소리로 지운다.
근데 둘이서 열다섯마리를 어떻게 먹어.
오늘도 아빠가 보낸 마음을 냉동실에 넣는다.

혼자 산에 오르던 날

어린 학생이 잘도 올라가네.
낯선 목소리가 바람을 타고 날아올랐다.
귓가에 달려온 한마디에
내 몸은 빨갛게 익어 걷는다.
허벅지안에 든 돌덩이가 곧 뛰쳐나올것같다.
어느새 내 손엔 누군가 쥐어준 귤 하나와
캔커피가 쥐어져있다.
바람은 차고 땀은 식는데 마음이 뜨겁다.

새벽 지하철

어둠을 찢는 소리를 내며 달려가는 새벽 지하철.
밖은 어둠 속, 열차칸 안 환한 조명이 더욱 눈부시다.
출근길 해보다 달이 반가운 사람들.
사람들의 하루를 싣고
지하철은 오늘도 그 경계를 달린다.

그네 타는 아이

땅속으로 햇살이 끌려들어가는 시간.
함께 뛰놀던 친구들이 없다.
혼자 남은 아이는 덩그러니 그네 앞에 선다.
바람이 달려가며 얼굴을 스쳤다.
묵직한 서늘함에 바람이 놀란다.
달과 별이 주춤주춤 어둠을 걷어내고 나올때
아이는 웃었다.
기다림이 끝난 그네에는
아이의 눈물이 남아 흔들리고 있다.

비 내리는 거리를 걸으며

비가 내린다.
빗소리가 도시를 덮었다.
안개 속 머리를 잡아먹힌 빌딩들이 서 있다.
짙은 회색 구름이 물웅덩이를 덮었다.
구름을 빠져나온 빗줄기가 내 얼굴을 때리고 미끄러진다.
내 마음도 빗물을 타고 같이 미끄러졌다.

바다

파랗게 구겨진 파도에 누워
무색 하늘을 그린다.

햇살이 비집고 들어온 바닷물이 부끄러워
말갛게 가슴을 열었다.

한가득 들어온 하늘은 바다색을 닮았다.
마음속에서 일렁이며
깊은 곳에 웅크린 상처에 가 철썩인다.

문득, 내 안에 들어온 바다가 짜다.
엎드려 바다를 토해냈다.

파도가 지나간 가슴 한구석.

맺혀있던 상처가 쓸려나갔다.
가슴속이 텅 빈 듯 고요해졌다.

하늘을 거꾸로 뒤집었을 때

하늘을 밑으로 끌어당겼다.
땅이 튕겨올랐다.
하늘과 땅이 바뀌었다.
나는 하늘에 풍덩 빠졌다.
맑게 개인 하늘은
소리도 없이 나를 감췄다.
세상은 여전히 고요하다.

꿈

누가 하늘을 도려냈을까.
물빛 슬픔이 쏟아져 내린다.

바람이 달리며 내지르는 절규가 시리다.
온몸을 뒤흔드는 고통으로 모든 것을 끌어안았다.

기척없는 하늘을 좇아
나는 어딘가로 빛을 향해 더듬거리고 있다.

시작노트 /

길을 걷다가 문득 올려다 본 하늘은
이 세상을 다 덮을듯한 푸르름으로
나를 내리누르는 느낌이 들 때가 있다.
가슴에 그 묵직함이 밀려들어올 때면
엉켜있던 생각들이 스르르 녹아내리기도 하고
뜻하지 않은 설렘이 나를 두근거리게 한다.

붉은 해가 보랏빛에 물들어 스러지는 때도,
검은 하늘을 뚫고 빛나는 별이
유난히 밝아보이는 때도,
그 아름다움을 기억하고 싶어
간절한 그 느낌을 아는가.

눈에 담기에는 바라보아야 할 세상이 너무 넓고,
가슴에 담기에는 기억해야 할 소중한 것들이 너무 많아,
그 감정들 하나하나 모아 글로 써내려간다.

소소함과 경이로움과 아련함을 담아
조심스럽게 생각의 매듭을 풀어보련다.

그리움이 지나간 자리

김나율

김나율 　마음속 응어리들이 자신의 존재를 드러낼 수 있도록 조력자 역할을 하는 글 쓰는 사
람이다. 타인에게는 아무런 의미도 주지 않는 물체가 간혹 나에게는 감당할 수 없는
아픔을 주거나 그냥 대수롭지 않은 말들이 큰 쇳덩이로 다가오는 것처럼 누구나 자
신만의 상처를 품고 살아간다. 그 상처를 어루만질 수 있는 따뜻함을 지니고 타인을
대하고 싶다. 귀익은 멜로디에 잠시 걸음을 멈춰 서 네가 오기만을 기다리듯 누군가
에게 그런 작가로 남고 싶다.

촛대바위

설렘을 가득 실은 밤 기차는 자정을 가로질러 바다로 향한다
머리를 맞대고 잠이 든 우리는 무슨 꿈을 꾸었길래
잡은 손을 놓지 않았을까
피곤함을 이불 삼아 덮어도 마냥 좋았던 우리
그렇게 말없이 같이 있는 것만으로도 웃음이 났다
동이 틀 무렵 기차는 하품을 하며 속도를 줄이고
멈춰 선 기차에서는 모래알 같은 사람들이 쏟아져 나왔다
플랫폼 위 모래알은 금세 썰물이 되어 빠져나가고
우리도 서로의 썰물이 되어 기차역을 빠져나왔다
움츠러든 새벽안개가 한 겹씩 벗겨지고
바다가 반음씩 환해지기 시작했다
무거운 눈꺼풀을 비비고 풀어진 운동화 끈을 다시 묶었다
우리는 길어지는 그림자를 뒤로한 채
허락된 붉은 하늘의 한 페이지를 훔쳐 왔다
그렇게 우리의 추억은 한 페이지가 되었다

다시,
기차가 출발한다

나는 진행형이다

뜨거운 여름
나는 젖은 채 빨랫줄에 널려있다
밤새 마르지도 않고
바람 한 장 불지 않는다
당신이 없는 마당
햇빛 한 줌 들지 않는 여름

흑백사진

청년의 주머니에 넣어둔 희망이 찢어졌다
도로 위 널브러진 파편과
쉼 없이 달려온 그의 일기장이
흑백사진으로 인화되었다
원룸 어딘가에 꼬깃꼬깃하게 접어 둔 꿈은
말라버려 시들어 버리고
더이상 문 여는 소리가 들리지 않는다
쌓여가는 고지서와 돌아가지 않는 전기계량기마저 입을 다문다
창문 밖으로 이름 모를 찬 공기가 흘러나오고
텁텁하게 잠긴 문은 그 누구도 열어주지 않는다
처음부터 아무도 없었던 빈방처럼

그는 돌아오는 길을 잃었다

빈 자리 견디기

딱딱하게 굳은 세월의 밤
동백이 봄에 오지 않는 것처럼
봄은 오지 않고
새싹 같은 웃음 남긴
너의 빈 자리
그리움 한 송이 피어 있다

저녁 고등어

울 어매 생선가게에는
고단함 묻은 비린내 있네
꼬리 잘리고 내장 꺼내 버려진 음식물 통에
어릴 적 울 어매 꿈 담겨 있네
주름져 늙어버린 비린내
어린 소녀의 꿈 가득 품었네

오늘 저녁
고등어 반찬
속 좁은 난
깍두기에 화풀이하네

외로움이 온다고 한 날

두껍게 쌓인 눅눅한 곰팡이를
라면 봉지에 쓸어 담았다
젓가락 하나로 나눠 먹었던 라면
유리잔에 담긴 너의 세상이 쏟아진다
조용하던 스위치로 너의 기억을 켜고
아물지 않은 상처는
문신처럼 흉터로 남는다

끊어진 테이프가 혼자 돌아가고
구겨진 신발 안으로 발이 들어가지 않는다
절망으로 멍든 나는

이불 속에 누워 있는
너를 다시 꺼내어 본다

어느 오후의 배경

영사기가 계속 돌아간다
카메라 셔터가 눌렸다
아무 말도 하지 않는 그녀 앞에

나는
배경처럼 앉아 있다

느린 걸음

느린 걸음 따라
신발도 나이 들어갑니다
지팡이도 나이 먹어 휘청이고
이제는 잡아주는 이 없어
설움을 입에 물고
한참을 서 있었습니다
모래시계 안에 갇힌 시간
느린 걸음은 더 더뎌집니다

나도
당신 따라
걸음이
조금씩
느 려 집 니 다

너의 별이 되어

그렇게
말갛게 웃어주면
파릇하게 이름을 불러주면
그림자를 살포시 포개주면

한 무리 별이 되어
밤하늘에 흩어지리

야상곡

밤의 수채화 같은 우리
붓을 들어 그림을 그려도
길이 보이지 않는다
무채색으로 남은 너는
기억을 정리하고 사라져 버렸다
시곗바늘이 창문을 향하고
쏟아지는 밤안개를 손차양으로 받아냈다
허공에 불어넣은 입김이
총총걸음으로 다가와 말을 건넨다
구겨진 종이를 안 움큼 쥐고 편지를 쓰기 시작했다
깊은 한숨의 맺음말
편지는 바닥에 떨어진 채 말라 버렸다
방에 누워 소곤대는 별빛의 아우성

밤이
어둠을 버티고 있는 사이
새벽안개가 애를 태운다

그럼에도 불구하고

매서운 겨울바람을
맨몸으로 끌어안아도
소낙비에 젖은 머리칼이
어깨를 무겁게 짓눌러도
무릎 사이 파묻은
얼굴이 울고 있어도

너를 잡고 있다

텅 빈 우체통

그 얘기 들었어?
옆집 여자가 들것에 실려 나갔데
베개만 한 아이가 있었는데
그 아이는 어디에도 없고
여자 혼자 들것에 실려 나갔나봐
혼자 아이를 키우고 있었는데
우체통에 편지 넣듯
이집 저집에 아이를 맡기고 일을 다녔다네
밤늦게 돌아와 소금에 절인 배추처럼 늘어져
잠이 들었는데 방바닥에 눌어붙은 전기장판이
화마를 데려와 다 데려갔데
베개만 한 아이까지 삼켰다고 하더라고

그 얘기 들었어?
베개만 한 아이

시작노트 /

　시를 읽고 누군가의 가슴을 울리고 어떤 이의 기억에 남는다는 것은 참으로 어려운 일이다. 어릴 적 읽었던 기형도 시인의 『엄마 걱정』 시를 읽으며 '나는 찬밥처럼 방에 담겨 아무리 천천히 숙제를 해도 엄마 안 오시네' 이런 시적 표현을 내가 과연 쓸 수 있을까 수많은 고민을 했다. 시 한 구절 그리고 한 편을 완성하기까지 많은 생각과 고민을 하는 시간이 나에게는 살아가면서 평생 주어진 숙제처럼 늘 해도 갈증이 났다. 길을 걷다 마주하는 많은 사람은 어떤 생각을 하며 사는지 어떤 꿈을 지니고 있는지 혹은 나이 들어 리어카에 파지를 잔뜩 싣고 힘겹게 끌고 가는 할아버지의 청년은 어떤 모습이었을지 상상해본다. 그 상상의 끈을 잡고 나는 시를 쓴다. 나이를 먹을수록 시간과 삶과 죽음이라는 단어 앞에 무능력해진다는 걸 느낀다. 그래도 내게 주어진 시간에 쉼 없는 열정을 쏟아붓는 것은 내가 지나간 자리에 무엇 하나 남기고 싶은 사소한 소망에서일 것이다. 그렇게 글을 쓰고 시를 쓰고 하는 것은 내가 택한 또 하나의 숙명적인 길이 되었다.

　뒤돌아보면 행복했던 시간과 후회와 좌절의 시간은 꼭 반반씩 있었던 것 같다. 그 시간들 사이에 내가 서 있었다. 이 길을 가면 고되고 힘든 길이라 말하는 사람들과 저 길을 가면 행복하고 좋은 일들이 가득할 거라고 말하는 사람들 사이에서 나는 어떤 선택을 했길래 행복했던 시간과 후회와 좌절의 시간이 반반이 되었을까. 그 누구도 선택이라는 것을 쉽게 하지는 않을 것이다. 수많은 고민과 하나씩 모여진 그 선택들이 지금의 나라는 존재를 만든 것처럼 말이다. 많은 선택들이 지나고 보면 후회로 남기도 하고 찰나의 순간으로 선택된 것들이 오히려 나를 기쁘게도 했다. 시를 쓸 때도 마찬가지이다. 지나고 보면 아쉬운 것투성이다. 새벽과 싸우며 고민했던 시들이지만 시간이 지나 다시 읽게 되면 큰 아쉬움으로 얼굴을 뜨겁게 만든다. 살아가는 삶 속에서도 같은 고민의 연속일 것이다. 아침을 시작하는 일상의 하루가 쌓이고 그 일주일이 나의 과거를 만들 듯 앞으로 걸어가기 위해서는 앞을 바라봐야 한다. 그래도 가끔 하늘을 보고 구름이 움직이고 있다는 것을 느낄 때 잠시 뒤돌아보는 여유를 잊지 않으려 한다. 기형도 시인이 열무 삼십 단을 이고 시장에 간 엄마를 기다리듯 나도 시를 계속 쓸 수 있는 글 쓰는 사람으로 남고 싶다. 먼 훗날 그의 유년이 눈시울을 뜨겁게 하는 윗목으로 남듯 지금의 나도 언젠가 누군가의 눈시울을 뜨겁게 해줄 시를 짓고 싶다.

삶 앞에 게으르지 않게, 가는 길 앞에 흐트러지지 않게 글을 쓰겠다. 사소한 것들을 소중히 바라보는 눈을 지니는 것 또한 잊지 않으려 한다. 생각하는 힘을 기르고 그 힘으로 나

를 버티며 시를 쓰겠다. 우리는 누구나 처음이 어디서부터
인지 모른다. 그래서 시작은 언제든 다시 할 수 있다.

　내가 누군가의 눈시울을 뜨겁게 해줄 시를 짓는 순간이 언
제가 될지 모르듯.

선물처럼 내 마음에
살포시 내려앉는

신윤경

신윤경   언제부턴가 시를 쓰는 것이 일상이 되었다. 길을 걷다가, 갑자기 멈춰 서선 꽃이 피고
지믈, 나무 밑동에서 삐져나온 꽃잎을, 먼 산의 산세를, 시시각각 변하는 하늘을
쳐다보는 일이 잦아지면서 생각을 글로 옮기는 습관이 생겼다.
나 외 다른 것들에 대해 더 깊이 살펴보고 관찰하는 생활이 몸에 배어 삶의 활력을
되찾는 중이다. 요즘 그런 생각을 한다. 살면서 내 이름을 내걸고 부끄럽지 않은 시
한 편 남기고 싶다는. 나의 시가, 나의 이 소박하고도 찬란한 소원을 이뤄주리라
굳게 믿는다.

블로그: https://blog.naver.com/syk931

벚꽃나무

나무는 아주 짧게 꽃과 만난다
설렘 가득 안고 일정치 않게
여기저기에서 꽃을 토해내고는
기특한 듯 빵빵하게 물을 머금게 하고
다른 이를 위해 잎을 흔드는
꽃을 기꺼이 놓아준다
아주 천천히 떠나가는 꽃잎을,
찬란한 뒷모습을 배웅하고는
다시 만나게 될 날을 기다리며
천천히 몸속 가득
꽃잎의 자리를 만들어 간다

꽃다지와 나

꽃다지란다
노란 냉이꽃이라고 생각했던
그 녀석의 이름 석 자
노란 냉이꽃이라니
오늘에서야 비로소 알았다
꽃다지, 그게 그 녀석의 진짜 이름인 것을
자세히, 아주 자세히
내 허리를 한껏 굽히고
무릎을 꿇고 자세를 낮춘 후에야
녀석과 온전히 눈 맞춤할 시간이 주어졌다
혼자서는 보이지 않는 작은 꽃송이가
한데 뭉쳐 커다란 꽃묶음을 그려내는
참 대단한 녀석이다
머지않아 내년은 찾아올 테니
난 그때 제일 먼저 한걸음에 달려가
그 녀석의 꽃대를 찾아내
깊은 입맞춤을 오래도록 하고 말 테다

그리움

홍 홍 홍 붉게 얼굴 부끄리며
석양 아래 처마 밑 너와 나누던 그윽한 눈빛
터질 것 같은 두 심장의 쿵쾅거림
내리던 비 사이로 언뜻 보이는 달빛 아래서
꼬리를 잡힐세라 내빼는 도마뱀처럼
순간의 설렘을 뒤로하고는

아, 영영 헤어질 것 같지 않더니……

가을나무

김장하러 가는 길에서 만난
뜻하지 않은 가을 풍경
갑자기 추워져 푸른 잎과
어쩔 수 없이 헤어진 나무들의
슬픔만 가득한 줄 알았건만
그래도 이 가을의 끝자락을
차마 놓지 못하고
온몸을 다독이며 만들어낸
오색찬란한 마음을
잎들에게 흔쾌히 선물한
가을 나무가 베풀어준 은혜로
다시 마주한 이 아침 가을 풍경

어떤 이별

그의 얼굴에 허무를 내뱉어 버리고
텅 빈 사무실로 돌아오면서
여기저기 널브러진 소지품을
가방에 구겨 넣은 날

너에게 활짝 열렸던 길
닫아버리고
열어주지 않을 거라고
절대로 열어주지 않을 거라고
굳게 다짐하던 날

마음 놓칠세라 꼭 끌어안고

11월에 눈이 내리면

11월의 어느 날
갑자기 눈이 내리면
미간 사이 움찔거림은
바쁜 마음 눌러버리고
마지막 한빛을 기다리는 꽃망울처럼
가슴 깊이 애를 태우는 눈송이

내리는 듯 올라가고
조용한 듯 요란하고
보이는 듯 보이지 않고

차갑고도 따뜻한 설렘 가득 안고
선물처럼 내 미간에 살포시 내려앉는
어느 날의 눈, 눈송이

법칙 깨는 법

사진 어플을 켠다
누가 원판 불변의 법칙이래
요리조리 고개를 돌려보고
머리카락을 어깨너머로 보냈다가
눈을 게슴츠레 떴다가
윙크를 하고
볼 빵빵 바람 넣고
똥그라니 모아진 입술 위에
검지를 살포시 올려
세상에서 가장 불편한 포즈를 취하곤
찰칵!
이젠 됐어 나이스 타이밍
만족스러운 미소

누가 원판 불변이래?

외로움이 말을 걸다

무작정 걸었다
울컥
외로움이 말을 걸어왔다
어때?
낯선 그의 모습에
몸을 지탱해 온 착한 수분이
사레가 되어 내 몸 밖으로 밀려났다

다시 말을 걸어올까 봐
두 귀를 틀어막고 걷고 있을 때
아주 천천히 다가와
나지막이 나에게 속삭였다
너를,
이해하고 있다고, 괜찮다고.

나의 딸에게

온 집안을 흔들고
온 운동장을 흔들고
온 동네를 흔들던, 너의 목소리

'아빠!' 하는 너의 소리는
내 우주를 떠받치는 기둥이었다.

더 이상은 나를 위해 울지 말거라

너의 눈물을 닦아 주었던 맑은 햇살이,
너의 힘듦을 나눠 가졌던 어제의 청량한 바람이,
너의 행복을 지지했던 네 주위의 신선한 공기가,
사실은 나였단다
나는 언제나 네 곁에 있단다

딸아,
이제 너의 삶을 힘차게 살아가거라
그게 바로 나의 못다 한 꿈이었으니

기왓장과 나무

길을 걷다 처량한 모습을 한 낡은 기왓장과 눈이 마주쳤다. 생명 하나 없이 최소한의 목숨 연명도 힘들 듯 메말라 버린, 곧 생명이 거둬질 것 같은 기왓장이 겨우 자신의 몸 일부를 지붕에 기댄 채 버티고 있었다. 안 되겠지 하고 걸음을 옮기려는 그때, 담벼락 어디쯤에서 젓가락 같은 몇 가닥 나뭇가지가 힘을 내며 기왓장을 향해 힘껏 오르는 모습을 보였다. 가녀린 가지 끝에 연약하고 보드라운 꽃잎 몇 개를 터트리면서, 자신의 생명수를 기꺼이 기왓장에게 나눠주고 있었다.

책상 위 세상을 만나

어느 날 허락도 없이 내 눈에 들어온
책상 위 세상

읽다 말고 아무렇게나 던져둔 책 여러 권, 귀퉁이 한쪽을 잃어버린 꽃
쿠션, 반쯤 헤 벌린 낡은 지갑, 주인을 찾지 못해 서러움 뿜어내는 곱
게 포장된 정체 모를 선물 하나, 가려운 벌레를 쓱 잡아가는 분홍색
연고, 코로나 기침을 살짝 눌러주던 먹다 남은 알약 몇 알이 켜켜이
층층을 이루며 불안하게 쌓여 있다 그것들과 때때로 의미 있는 시간
을 함께한 나도 거기에 위태롭게 널브러져 있겠지

그러나
눈앞의 세상 속으로
선뜻 다가가고 싶지 않아 멍하니 바라만 본다

세상의 짐을 덜어내는 것처럼
한껏 내 마음 어디쯤도 덜어냈으면

뻔한 거짓말

- 나이 편 -

나이는 숫자일 뿐이라고?

늘어가는 눈가 주름은
깊어가는 팔자 주름은
굵어가는 손가락 마디 주름은
그보다도
쪼글쪼글 주름지는 내 마음은

나이는 정말 숫자일 뿐이라고?

결혼식과 장례식

흐드러지게 핀 벚꽃을 따라
마음 가득 봄을 담아
한껏 들뜬 마음을 진정시키고
친한 동료의 결혼식장에 간다

제각기 살아온 삶의 이야기를 나누며
새로운 출발을 축하하러 간다

흐드러지게 핀 개나리꽃을 따라
마음 가득 슬픔을 담아
한껏 무거운 마음을 진정시키고
친한 동료의 언니 장례식장에 간다

떨어지는 꽃잎을 맞이하는
떨어진 꽃잎 위 걸음을 떼는

누군가는 세상에서 가장 행복한 미소로 오늘을 맞고
누군가는 세상에서 가장 쓸쓸한 미소로 오늘을 맞고

벚꽃을 따라 따라서
개나리꽃을 따라 따라서
운명을 찾아 떠나는 이들이여
우리의 마음 길 위에
당신의 고운 걸음 사뿐히 디디시길

바람 바람 바람

바람이 등을 밀어내어 내 몸을 맡겼다. 두 발의 코는 앞을 향
해 나가고, 따뜻하면서도 청량한 바람이 목덜미에 살포시 내
려앉았다. 함께 하고 싶어 하는 그니의 바람대로 내 널찍한
어깨를 내주고 함께 걸었다. 행여, 떨어질세라 내 머리칼을
꽉 부여잡는 바람 때문에 갈 길이 있는 양 머리카락들이 공
중으로 힘차게 떠올랐다. 어지러이 사방팔방으로 흩날리는
머리카락을 기구 삼아 내 걸음을 바람 위에 올려놓았다.

시작노트 /

 나는 요즘 시인이 되는 꿈을 꾼다. 그렇다고 꼭 유명 시인이 되고 싶은 건 아니다. 누구나 시인이 될 수 있다는 것을 믿고 싶다.

 시를 쓰고 싶다는 생각을 하면 가슴이 울렁거린다. 시를 긁적이던 어린 시절을 보내고 윤동주 시인을 사랑하게 되면서 울렁증은 점점 심해졌고, 시 창작에 대한 욕구도 강해졌다. 그러다가 작년에 지인들과 대화를 나누다 그들 모두 조금씩 시에 관심이 있다는 것을 알게 되고 함께 시 쓰기 모임을 시작했다. 매달 시를 쓰고, 자신의 시에 대해 이야기를 나누며 '사람들은 모두 가슴에 시를 품고 사는구나.'하는 생각이 들었다. 나의 지인들은 등단하지 않았으나 이미 훌륭한 시인이었다.

 학창 시절, 수필의 특징을 달달 외웠던 기억이 떠올랐다. 수필은 누구나 쓸 수 있는 글이라는 내용인데 시도 그런 것 같다. 용기가 생겨 더 열심히 시를 썼고, 하루에 한 개는 꼭 써야겠다고 다짐하면서 나도 모르게 메모를 하게 되고 글감을 찾으며 내 삶과 주변에 대해 더 자세히 들여다보게 되었다.

 때론 즐겁고, 때론 누군가에게 반하고, 때론 슬프고, 때론 분노를 느끼며, 글감이 모아졌고, 시에 모두 쏟아부었다. 시는 자연을 나의 친구로 만들어 주었고, 주변 사람들에 대해 애정 어린 시선을 갖게 해 주었다. 그렇게 쓴 시를 묶어 책 형태로 만들고, 찍은 사진 중 가장 좋은 것을 골라 표지도 만들어 보고, 인쇄도 해 보았다. 시심은 더욱 강해졌다.

"길을 걷다 문득 나무 밑동에서 팝콘처럼 툭 터져 나온 벚꽃 뭉치에 이끌리기도 하고, 들판에 지천이던 들꽃의 진짜 이름을 이제야 알고 긴 세월 몰라주었다는 생각에 미안함을 갖기도 하고, 어린 시절, 순간의 설렘과 두근거림이 어느 순간 되살아나 살짝 긴장하기도 하고, 갑작스레 찾아온 이별에 격한 슬픔을 느끼기도 하고, 별로 예쁠 것도 없는 내 얼굴을 예쁘게 만들어 주는 어플에 무한 신뢰의 마음을 갖기도 하고, 시대가 나에게 준 지독한 외로움을 온몸으로 견뎌 보기도 하고, 가슴 깊은 곳에 꾹꾹 눌러 담아둔 아버지와의 추억을 꺼내 보기도 하고, 길 가다 만난 가느다란 줄기에 핀 벚꽃의 기특함 때문에 흐뭇하기도 하고, 나의 일상을 함께하는 사물들에 깊은 애정을 가져 보기도 하고, 속절없이 흐르는 시간에 마냥 속상하기도 하고, 행복과 슬픔이 공존하는 세상 속을 헤매기도 하고, 청량한 기운 가득한 자연을 살뜰히 느끼기도 하고."

이렇게 시간을 보내는 동안 내 생각은 구체적인 이미지로 형상화되기 시작했다.

그렇게 나는 점점 시인이 되어 가고 있다.

요즘 부쩍 눈물이 많아졌다. 노래를 듣다가, 시를 읽다가,

드라마를 보다가, 서로 얘기를 나누다 뜬금없이 눈물이 난다. 신난다. 나는 더욱 감정이 풍부해졌고, 심지어 감정에 아주 솔직한 사람이라는 사실을 발견했으니 말이다. 참 몸서리치게 기분 좋고 반갑다.

이렇게 시는 선물처럼 내 마음에 살포시 내려앉았고, 더 이상 내게서 떼어낼 수 없는 나의 일부가 되었다.

문득...

성지후

성지후   감수성 만렙

하고 싶은 일에만 열정적인 사람

엉뚱하고, 감성적인 아이 둘과 6년째 언스쿨링 중

"사람도 달라질 수 있구나"를 경험하며 살고있는 중

인스타그램: @jihoo1007

블로그: https://bolg.naver.com/sunkey1983

나만 아는 너

하늘색 바람을 좋아하는
남들의 이야긴 재미없는
얼음맛 맥주와 영화라면

핑크빛 눈속에 내가있던
별빛에 말걸며 바랬었던
말랑한 노래에 사르르쿵

그리운 순간

네가 먼저
　　　　말 걸어주는 설레는 아침
네가 먼저
　　　　손 잡아주는 따뜻한 저녁
네가 먼저
　　　　다정하게 물어주는 한낮
네가 먼저
　　　　포근하게 안아주는 한밤

오늘의 마음

어제는:

태풍 머금은 구름, 장미향기, 맑은 하늘,

한여름 비 온 후 숲, 쓸쓸한 꽃비

오늘은:

밤하늘 별빛, 제주바다, 한겨울 마른 가지,

매끄러운 몽돌, 속삭이는 풀꽃

내일은:

폭신한 곰 인형을 안고, 따뜻한 이불을 덮고

가만히 눈을 감아 본다.

... 모르겠어

가끔은 눕고 싶어져
오늘은 걸어나 볼까

가끔은 슬픈 노래가
오늘은 웃음이 자꾸

가끔은 마음이 얼얼
오늘은 꽃비가 내려

파이다

찐득한 공기들
추적거리는 비
끓릴 듯한 햇볕
.

.

.

여름이다
.

.

알긴 알지
.

.

정이안 가
.

.

여름인 게

밤하늘 별

불 꺼진 방에서 살짝꿍 보이는

나도 모르게 새어 나오는 미소

여행 가기 전 잠 못 드는 설렘

눈동자에 비쳐오는 반짝거림

손 안에서 느껴지는 따스함

다르니까

시원한 액션
즐거운 코미디

숨길 수 없는 홍
기분 좋은 멜로디

숨이 차올라도 즐거운
숨이 차오르면 지치는

네게는 당연한 게
내게는 아니듯

나에게 당연한 게
네게는 아니듯
.

.

다르지만
다르겠지

나를 위한 순간

따스한 벤치
부드러운 차 한잔

포근한 이불
달콤한 노래 하나

바람과 함께
편안하게 책 읽기

비 오는 날엔
우산과 산책하기

생각나

눈이 부시게
볕이 좋은 날도

온 세상이
물로 적신 날도

휘몰아치는
바람을 데려올 때도

온 세상이
눈 속에 숨었을 때도

생각 못한 순간들

아이가 생긴다는 건,
시간을 나눠야 한다는 것이고

아이를 낳는다는 건,
상상할 수 없는 고통이었고,

아이를 키운다는 건,
일생을 함께해야 하는 것이었다

지금을 산다는 것

어느 순간 살아내야 하더라
어느 순간 사랑해야 되더라
결국에는 사는 의미 이더라

그것만으로

혼자 산책하기
혼자 저녁먹기
혼자 멍때리기

혼자라는 생각
그것만으로...

함께 산책하기
함께 저녁먹기
함께 멍때리기

함께라는 생각
그것만으로...

바람

햇살이 파도 위에 부서질 때면
파도 위에 얼굴 비추고 싶고

설레는 바람이 말랑말랑 불면
바람을 맞으며 날아가고 싶고

먹구름에서 예쁜 비가 올 땐
빗속을 편안하게 걸어보고 싶어

시작노트 /

내가 열다섯 살 때,
마흔 정도 되면... 편안하게 살겠지...라는
막연히 생각을 했다.
지금 와서 보니... 아이들 나이만 먹는 줄 알았지,
나는... 마흔이 되는 줄도 모르고... 마흔이 되었다.

나이만 먹었지 아직 모르는 게 더 많고,
나이만 들었지 마음은 아직도 어리기만 하고,
나이만 마흔이지 아직 어른이 되어가는 중이다.

마흔이 되는 동안 달라지는 나를 발견하기 시작했다.
시간은 돌릴 수 없음을 인정했고,
누구든 완벽할 수 없음을 인정했고,
아이들은 독립적인 생명체임을 인정했고,
모든 것들을 다 이해할 수 없음을 인정했다.
어쩌면 삶이라는 건 인정하는 것을 배우는 것은 아닐까?

그때의 나도, 지금은 나인 것처럼
나는 매 순간 감당할 수 있는 선택을 할 것이며,
그때는 맞고, 지금은 틀릴 지라도

나는 그 순간 나의 선택을 존중하며 사랑할 것이다.

삶의 의미와 즐거움의 기준은 내가 정하는 거니까
오늘도 나는,
나의 소중한 일상을 즐겁게 살아가려고 애쓰는 중이다.

특별하지 않다고, 소중하지 않은 건 아니니까

나이 많은 젊은이들에게

강그림

강그림   유하게 보이지만 속은 강단 있는 사람

하고 싶은 일을 하되 해야 할 일은 거르지 않는 사람

무심한 구석이 있지만 다정하게 말하려고 애쓰는 사람

여러 가지 배움을 통해 자신을 알아가는 사람

이 또한 선한 영향력으로 세상의 1%라도 변화되길 소망하는 사람

인스타그램: @flrim_

이메일: kan143@naver.com

민들레 씨앗

피어나는 노란 자리
답안지 있을까

빨간색 정답 표시된 답안지에 안착하려
목숨 건 날갯짓

친구들이 부르는 익숙한 노란 자리
평평하고 초록 풀 많은 양지바른 언덕

뾰족한 간신들이 속삭이며
답지 위 고개 뻗어 손짓하지만

절벽 끝 푸르디푸른 넓은 바다
자리가 부르는데

씨앗의 삶을 털어내고
가녀린 바람 속에서 자리를 찾는 건
스스로임을

분홍색 목소리

아이가 걸어간 힘찬 발걸음
그 자리에 꽃을 놓으며 따라가니
뒤돌아 내 목소리 쓰다듬어 주니

순간 그 아이 목소리로
아주 잠깐 지구를 흔들어
중력이 멈출 때
땅이 솟아올라

그림자의 영혼
따뜻한 숨결로 빠져나와
너의 볼에 속삭이니

나는 무중력상태
사랑하였구나

들려오는 목소리에
분홍색 꽃잎 떨어지는구나

가짜 나다움

나다움이 때론
뾰족한 철창에 가둔다
가장 나답지 않게 만든다

가짜 영혼이 주는 빨간 사과에 휘둘려
진짜 그림자에 상처 주진 않았는가

진짜 나다움을 찾기 위해
하얀 돛을 올리고
팅거벨과 함께
주황빛 뭉게구름 가로질러본다

조그마한 손끝에 숨어있는 푸른색 꿈
촉촉한 투명한 종이에 가리다
푸른 꿈 책갈피 꽂힌 구절에 정들어
무지개 꿈을 이루리니

두 손으로
내 마음을 가려본다

불면증

바다 내음이 뿌연 새벽
차가운 숨결이 분
거인의 눈 속으로 잠겨

서서히 식어가는
발버둥 치는
새벽 그림자의 마지막 한입

이불 위에 서서히 비치는
눈치 없는 주황빛에
식어가는 무중력상태 내 몸뚱이

회색 바다에 가라앉고 있는
깊은 물 밑
조용히 들여다보는 나 자신

새벽 밤

축제 끝난 대강당
적막에 녹아내리는
새벽 밤

귀에 꽂아보는
낯선 목소리들

낯선 목소리에 위로받는
영혼 없는 눈동자

홀로 애쓰고 있는 외로움에 압도당해
흐릿한 그림자마저 녹아내리는
어제가 되어버린 오늘

한낱 껍데기

구멍 뚫린 구명조끼에 의지한 채
발가락 끝 작은 파도 때문인지
오히려 가라앉으니

가라앉을 곳 더 없다는 기만함에
속 깊은 심해로 날 이끌어

가라앉은 물 자국 자리엔
바닥난 지우개로 지우기도 힘들어

붉은 병에 가득 찬 기만함
물 자국에 쏟아버리니
고요한 구멍 속

의지했던 바람 빠진 구명조끼 벗어 던지고
그제야 내 앞에 유유히 떠다니는 범고래 두 마리

여행이 선사한 선물

저렴하지만 값진 여행
귀에 꽂고

미세한 먼지 내려앉은 속눈썹
창밖 바라보는 반짝이는 눈동자
목적지 적히지 않는 낡은 지도는 손에 끼고

자연이 선사한 커튼 뒤
단단해져 돌아온 멋쩍은 웃음에
풀잎의 노래 잊지 말기

새벽에 약속한
안부 묻는 밤이 될 수 있길

새벽의 희망

달을 삼키기 무서우면
새벽은 오지 않으니

말라비틀어진 목구멍 속으로
속 마디 밀어 넣어본다.

목놓아 우는 새벽의 차가운 울음소리
가벼이 토닥여 주고 나니

주황빛 도는 뺨 내민 채
눈인사 건넬 때쯤

베개가 울었던 물 자국은 말라비틀어져
아무 일 없다는 듯

새소리가 시작되니
희망의 동그라미 맞이하니

나의 존재 이유

끓고 있는 주전자의 마음이 궁금해
연분홍 맨손으로 휘적거려

붉어지다 못해
녹아내린 무지함

분홍색 꽃잎 끝 시들어 떨어질 때
발끝까지 서서히 투명해지고

가시밭길에 던진 씨앗
꽃이 되어 내게 말하길

너의 파란 여름에 먹칠하지 말고
몸에 핀 초록 나무 잎
숨 쉬는 작은 구멍 갉아먹지 말고

무지개 핀 마음의 생각
기꺼이 사랑받을 존재라며

날 다독여주는
흩날리는 분홍 꽃잎들

연둣빛 신호등

회색 모자 쓴 여자가
거울을 바라보며 검은 웃음을 짓는 모습
머릿속에만 살길 바라길 기도했을 적 지날 때

후엔 붉은 줄기 눈에 뿌리내리지 않아도
싱그러운 연두색 빛 뿜어내는 뭉글한 연기
그대로 직진할 수 있길

시작노트 /

  따듯한 햇빛이 내 껍데기를 하나하나 벗게 만드는 여름 앞에서 나는 또다시 펜을 들었다. 고맙게도 서점에 들어와서 책을 읽는 시간이 늘어났다. 어느 순간 "이 책은 내 미래에 도움이 될 거야!"라는 생각으로 책을 고를 때도 하나하나 가치를 따지기 시작했다. 난 소설책과 시를 읽는 것을 좋아한다. 하지만 나이가 들수록 현실을 직시하라는 말을 많이 듣고, 잠깐 엉뚱한 상상을 하는 것도 죄가 되는 것 같은 기분이 들며, 세상이 나에게 나잇값을 해야 한다고 말하는 것 같아 움츠러들 때도 있다. 하지만 그러한 세상에 발악하듯 더 좋아하는 것에 파고들고 내가 좋아하는 취미와 함께 공유할 수 있는 사람들을 찾게 되었다. 그 결과 내가 정말로 무엇을 좋아하는지, 어떤 생각을 하며 살아가고 있는지 알 수 있었다. 또 각박한 현실에서 소소한 행복을 가지고 틈새 여유를 가질 수 있었다. 아직 모르는 분야에 대해 많이 배우고 싶고, 하고 싶은 게 많고, 좋아하는 것은 꼭 해봐야 하는 나이지만 나는 계속해서 배울 것이고, 좋아하는 것은 더 좋아하려고 발악할 것이다.

  나이 많은 젊은이들아. 아직 하고 싶은 것이 많지만, 시간은 빠르게도 흘러 서글픈 젊은이들아. 좋아하는 것 한다고

이 세상이 망하진 않는다. 고개 들고, 지긋이 눈감고 한 번 웃어보자. 이 세상에 당당히 내가 좋아하는 것을 밝히고 살아가자.

2022년 5월 10일
주황빛 불빛이 마음에 은은하게 스며들고 있는
내가 가장 좋아하는 공간에서.
강그림

마지막 당신을 기다리겠습니다

Princess

Princess   2021년 11월부터 지금까지 300여 개 이상의 시를 쓰며 SNS에서 활동하고 있으며,

포레스트 웨일 출판사 월간지 2월호부터 6월호까지 매달 3개의 시를 공동 시집을

통하여 출간하였다.

모든 영혼들에게 힘과 용기를 정신적 평안과 심리적 위로를 아픈 영혼들의 치유와

회복을 위한 목적 지향적인 글을 추구한다.

영혼의 울림이 있고 힐링이 되도록 공감할 수 있는 글을 쓰기 위해 꾸준히 노력하고

있다.

인스타그램: @princesschang7

빛나는 별

당신은 소중한 사람
남과 다른 모습에 자신을 지치게 할지라도
자책은 하지 말아요

한결같은 마음으로
나 당신 위로해 주고
당신 나 사랑해 줘요

희망찬 밝은 미래
행복한 꿈꾸며 힘든 순간 함께 해요
내 세상이 당신 세상
당신의 우주가 되고 싶어요

사랑과 용기의 빛 전부 내어 주고
당신의 밤 하늘에서
찬란히 빛나는 별이 될래요

있는 힘껏 품에 안고
영원히 그대와
사랑하고 싶습니다

별이 되어

내 뜻이 하늘에 닿아
우리 사랑 이루어지기를
간절히 바랍니다

운명도 빗겨 간 사랑 있었으니
나를 원망하고 자책해도
그녀는 돌아오지 않을 것을 압니다

사랑하는 방법을 몰랐습니다
부서지고 뉘우치는 마음 보시고

이제라도 다시
마음 돌려 주소서

못다한 내 사랑
하늘의 밝은 별이 되어
당신께 드립니다

별들의 사랑

밤 하늘이 전하는 슬픈 사랑 하나 있어
별들의 사랑이 아름답다 하지만
한참을 생각해도 가슴 아픈 사랑이야

홀로 외로이 지내다
다가오는 별 하나 있어
예쁘고 반짝여서 눈이 떨어지질 않아
자신도 모르게 어느 새 사랑을 했고

별이 아니였어
높고 신성한 사랑의 빛
죽음이 들이닥칠지라도 사랑하고 싶었어

신의 별점으로
잠시 머물다 간 천년 왕국의 빛
강렬한 우리 사랑으로
찬란한 그 빛은 산산히 부서졌어

잊지 못할 신의 사람
영원한 나의 마지막 사랑

전생 인연

전생에서부터 이어져 온 인연
우리의 사랑 특별하고도 애절합니다

과업으로 인해 눈물의 골짜기 지난다 해도
함께 할 세상 꿈꾸며
수천년을 참고 기다려 왔습니다

위험한 일 모진 일 들이닥쳐도
두려워하거나 좌절하지 않습니다

현생에서 이루고자 하나
쉽게 허락되지 않았고
못다한 사랑의 언약 부디 기억하여 주소서

오늘도 벼랑 끝에 서 있다 할지라도
다시 오실 것을 간절히 고대하며

깊은 침묵 속에서
고요히 기다립니다

존재의 이유

지나간 인연에
연연하지 않습니다
이미 끝났다면 미련없이 보냅니다

다한 인연 나와는 거기까지
다시 돌이켜 함께 하지 않습니다

미련도 후회도 없는 지난 모든 업에
지금 여기 이 순간
내 존재를 위한 이유입니다

욕심과 집착 없는 마음으로
깊은 침묵 속에서
내가 알아야 할 모든 것들 알고

하늘 아래 어디서든
자유와 소망하는 것 누리며

남은 생을
여여하게 살아갈 것입니다

기다림의 시간

놓아도 놓지 못하고 잡아도 잡지 못하는
한 많은 이 세상 모든 걸 두고 가네

내 뜻대로 되는 게 무엇 하나 잇으랴
뜻되지 않는 것이 어쩌면 당연한 것을

잘 산다고 하는 것이 무엇일까
말과 행위로 지은 죄

어떻게든 반드시 내게 돌아오고
원하든 원치 않든
갈 것은 가고 올 것은 온다

간절할지라도 만날 수 없다면
그 또한 인연이 아닐진대

허락하신다면
너를 향한 마음 하나 가져갔으면

기다림의 시간
네가 너무 그립구나

보고싶다 정말로

사랑해요

처음 본 순간
다가 온 눈맞춤에
아닌 척 성급히 시선을 돌려요

수줍은 듯 설레어
남몰래 슬쩍 훔쳐보아요
온종일 당신만 생각했어요

내 심장은
고장난 듯 마구 떨려요

온통 그대 생각에
멍하니 하얗게 밤을 세웠어요

오늘 밤 꿈나라에서
오글오글 속삭여줘요

사랑한다고 말해요
나도 당신을 사랑해요

사랑의 불꽃

가슴 깊이 품어 온
작은 내 사랑
남몰래 한 사랑이라 더욱 애절하다

그대 안에
두 마음 품은 사랑 있어

우리 사랑은
어떤 길을 간다 해도
위태로운 사랑
우회한 사랑 되었네

한 순간에 무너진 내 사랑
갑작스러운 이별로
냉정히 돌아선 야속한 내 사람아

들판의 저 풀꽃처럼
사랑의 불꽃도 다 한때로구나

이 슬픔이
너무 서러워
유난히 더 그립다

아직도 그대는

우리 사랑 끝났다며
그대 멀리 떠나갔네
잊지못할 사람이라 난 놓지 않네

여기가 끝이라 해도
그대는 내 맘에 든 사람이라
난 여전히 끝이 아니라네

쓸쓸한 사랑 되었어도
나 혼자 간직한다 해도
언젠간 다시 만날 것을 아네

내 사랑하는 여인이여
다시 사랑한다 해도
쉽게 만나지도
쉽게 헤어지지도 못하는

아직도 그대는
내 사랑 내 운명인 것을

잊지 않았으면

사랑 너무 아프다
사랑으로 아파할 줄이야

봄바람 따라와 살포시 품에 안겨
내 마음에 새싹 피우더니
어느새 잊지 못할 사랑의 불꽃 되어
어두운 재만 남기고 홀연히 떠난 내 첫사랑

원망과 억울한 마지막 너의 말
날카로운 가시되어 내 숨을 억누르네

기억의 아픔 잊으려 할수록
더욱 아리고 서러워 되려 깊이 사물힌다

내 마음의 상처
부서지는 별똥별처럼
흩날리는 벚꽃잎처럼
밤마다 눈물로 너를 찾는다

너도 날 잊지 않았으면

마지막 순간

내 삶의 마지막 순간
가장 소중했던
너를 느낀다

한번만이라도
더 볼 수 있을까
미안하다고 안아보고 싶다고

이제껏 하지 못했던 말
사랑한다고 고맙다고

기다림의 시간
오늘을 통하여 더욱 애절하다

아직도
놓지 못한 걸 보니

내가 널 너무 사랑했구나

기다리겠습니다

마지막 당신을 믿어요
흔연히 시작된 우리 사랑
서로의 아픔되지 말자던 약속

잊지 못해 길 잃고 방황하면서
몸이 삭아 부서질 때까지
그리움에 사무쳐 살았습니다

그대 향한 사랑이 위태로울지라도
함께 할 수 있다면

구천을 떠돌며
수천년을 헤매어도 괜찮습니다

가련한 희망 하늘에 닿아
뼈 아픈 눈물 헛되지 않기를

어둠의 그늘 드리우는 그날까지
애타게 기다리겠습니다

신과 함께

내 생명 다하여 내 열정 다하여
잘 살아보겠다고 미친듯 살았건만

이루고자 하였으나 남은 날 없다 하니
이대로 눈 감기엔 참으로 허망하다

원 없이 놀아볼 걸
한 없이 사랑할 걸
미움도 원망도 열정도 덧 없다

눈 감으면 저 세상 찰나의 순간이거늘
현생이 꿈이 되고 꿈이 현생이니
여기가 꿈인가 저기가 생시인가
죽은 것도 아니고 산 것도 아니라네

깨달음의 끝에선
이미 모든 것 다 이루었네
사랑하는 이들이여 꿈 속에서 만나리

영생 속에서
신과 함께 살리라

사랑해요

내 생애 오직 단 한 사람
마지막 사랑이길 바랬는데

내 삶의 전부를 걸었건만
사랑한단 말도 못하고
밤마다 가슴앓이에 내 심장이 아립니다

가장 큰 고통임을 알면서도
내 숨을 하나씩 그대 위해 바칩니다

간절한 영혼의 갈망에도
여기가 끝이란 걸 직감한 내 심장은
하늘 향해 마지막 숨 내쉬며
참을 수 없는 고통 속에서 이제서야 고백합니다

사랑합니다 내 사랑
당신을 사랑해요

무심히 떠난 그대여
그대와의 추억을 끝으로
나의 심장은 싸늘히 식어갑니다

한평생 모든 날

흘러가는 구름에 그대 모습 드리우고
살랑이는 바람에 그녀 향기 불어오니
잔잔하고 깊은 밤
그리움이 파도처럼 밀려듭니다

밝게 웃던 하얀 미소
흩날리던 그대 목소리
큰 생기 주시어 나에게 오신 선물이라

내가 선택한 님 내 맘에 드는 여인으로
온 마음 다하여 사랑하였습니다

미숙한 내 첫사랑
언제든 내주고자 하였으나
끝내 아픔과 깊은 상처로 고이 간직하렵니다

한평생 모든 날 내 사랑 전부를 드립니다
고맙습니다
당신의 사랑 기억할게요

용기

체면 때문에
타자를 의식하고 두려워하는가

내키지 않는 선택은
나를 잃어버리는 것
자신의 신념과 가치를 저버리지 마라

지혜롭고 분별하는 마음
현명함을 넘어선 깨달음
더 값진 선택을 향한
간절한 마음 보라

삶이 헛되지 않게
확고히 행동하고
결과는 감수하라

이것이 바로 용기이다

자격 있으니까

삶의 무게에 지친 영혼의 빛
실없이 웃더라도 그 찰나의 순간
허탈한 웃음으로 잠깐의 행복이 스쳐가는 순간

행복과 기쁨은 평범한 일상에 있음을
내 입가에 머무는 미소가 굳었던 마음을 설레게 한다

웃음이 곧 희망이다
아주 작은 미소가 큰 함박웃음이 되고
소소한 행복이 큰 복으로 돌아올 것이다

내가 한 일로 부끄러워할 필요는 없다
포기하고 싶은 순간 후회와 자책은 하지 말자
나약하지 않으니까 웃음만은 잃지 말자

남들에게 잘해 줬던 방향을 내 쪽으로 돌려라
지나간 과거보다 다가올 미래를 보라
나를 먼저 치유하고 재능과 능력으로 미래를 설계하자

또다시

억울하다 분하다 할지라도
침묵으로 일관해 왔던 일들이
결국 탄식을 넘어 통곡하게 합니다

극심한 고통에 몸부림치고 애통해해도
죄를 미워해야겠지요
뼈 아픈 고백과 용서
정직한 눈물로 기도합니다

기다리는 시간 창조의 순간
어떤 역경이 들이닥칠지라도
시들지 않는 나뭇잎처럼

거센 바람에도 위축하지 않겠다고
세상이 날 위협에도 두려워하지 않겠다고
용기내어 고백합니다

또다시 고난이 온다 하여도
기꺼이 감당할 것입니다

쓸쓸한 밤

벚꽃 피던 어느 날 봄과 함께 찾아온 첫사랑
포슬포슬 아름다운 풋사랑
가녀린 설렘으로 소심하던 그대의 첫 키스 그때가 생각납니다

벚꽃이 만연히 피어오를 때 어설픈 사랑의 강렬한 전율
짧지만 화려했던 절정의 순간
내 안의 부서진 별빛 뿜어져 나왔지요

풋풋했던 우리 사랑 야속한 봄비에
꽃잎 떨어지고 내 사랑도 지고
아직도 간직한 뜨거운 숨결 아련한 꽃 향기에 일렁이는데
봄비에 흩날린 하얀 꽃잎 즈르밟으며
멍하니 또 걷고 있습니다

너무 보고 싶습니다
보고픈 그대 품 안에서 포근히 잠들고 싶습니다
촉촉한 밤이슬 하염없이 흐르는
그리움 깊은 쓸쓸한 밤입니다

해가 뜬다

어둡고 차가운 새벽
헤매일까 떨리고

불안하고 답답한 마음
실패할까 두렵다

내 열정 다하는 일
벅찬 상황일지라도
좌절하지 않고

최선의 선택
최고의 노력으로
반드시 성공을 이룰 것이다

빛나는 햇살
밝은 아침
곧 나의 해가 뜬다

시작노트 /

평소에 타인의 아픔과 기쁨을 자기 일인 것처럼
느끼고 슬퍼하며 기뻐하는 사람입니다
어려움에 처한 사람 있으면 지나치지 못하고
함께 아픔을 나누는 사람입니다
타인의 사정과 마음을 잘 헤아릴 줄 알기에
많은 사람들이 나와 함께 고민을 나누고 싶어 합니다
타인의 마음을 헤아릴 줄 아는 마음 측은지심과 공감 하나
하나가 용기가 되고 큰 격려가 되도록 노력합니다

누군가의 상처를 보듬어 줄 수 있는 사람
아픔을 치유해 주고 위로해 줄 수 있는 사람
고통 속에서 벗어나게 해 줄 수 있는 사람

그런 사람이 되고 싶습니다

피고 지는 모든 것들에게

전서윤

전서윤   불혹의 나이 여전히 소녀감성에 산다. 첨밀밀. 노트북의 주인공처럼 '우연'이 '운명'
이 되는 사랑을 믿는다. 클래식음악과 빈티지를 좋아하고, 만남과 이별, 행복과 슬
픔을 시에 담으려 한다. 앤티크한 느낌의 고시를 현대시로 표현한 시를 좋아한다.

인스타그램: @smart_yolkaiestsan

청춘

아름지게 뻗어 오른 곧은 자태여
싱그럽게 빛나는 여린 살결
눈이 부시도록 고은 이름

모진 바람에도 결점 없이 뻗은 줄기여
태양을 닮아 영글어진 연초록 잎
탐스럽게 피는 이름

너는 청춘

서윤

윤이 나는
붉은 장미 꽃잎은
완벽을 뽐내지만

너의 맞닿은 입술은
두 눈을 멀게 하네

서윤! 눈부신 아름다움을
자연과 비할 수가 없구나

나도 한 번쯤

나도 가끔은
영화 첨밀밀의 주인공 같은 인연을 꿈꾼다
엇갈리다가 만나게 되고
돌아서다가도 다시 마주 보는

나도 그런
나태주의 시 같은 동화를 꿈꾼다
온 세상이 우리를 부러워하고
축복의 빛 아래 연을 맺는

나도 때론
한 폭의 그림 같은 모네의 정원을 꿈꾼다
크고 탐스러운 함박꽃 심고 피운
석양에 물든 정원에 앉아
서로를 닮은 아이와 함께 웃는

나도 너와
다시없을 눈부신 낭만을 꿈꾼다
백발의 노인이 된 날
주름진 손을 포개어 잡고
다정히 걸을 수 있는

포토그래퍼_유경태

우리의 봄

천공(天空)을 담은 강
거울에 비친 또 다른 하늘이라
태양에 녹은 아롱진 구름이
금빛 두른 윤슬이고
오색찬란한 무지개의 날갯짓은
우주 끝에 닿았네
나풀거리는 아지랑이 가로질러
땅끝 넘어 펼쳐진 푸른 초원
찬란한 빛으로 물들어가는
이곳이 천국이오!
온 세상이 우리의 봄이라!

이상(理想)

노목은 푸르른 하늘을 꿈꾸고
낙화는 나비의 입맞춤을 꿈꾼다
새떼들의 날갯짓은 봄날을 꿈꾸고
자연의 메아리는 숲을 꿈꾼다.
젖은 땅은 가을의 풍요로움을 꿈꾸고
우리는 아름다운 이상을 꿈꾼다.

부부

그대가 있어
꽃으로 피어납니다

모든 풍파 거둬주심에
반듯한 뿌리내려
이리 곧게 서 있으니
겨울 땅 부지런히 딛고
봄을 맞이합니다

토끼 구름 달 듯 말 듯
한껏 뻗은 줄기
향을 머금은 꽃 이파리
바람에 흔들리다
쉴 터를 찾습니다

그대의 품에
꽃으로 남습니다

불장난

타오르는 불꽃
빛의 색이 소멸해 가네
숨을 멈춘 시든 꽃처럼
불꽃은 져버린다

한철 아름다웠던 정열
가슴에 새겨진 멍울
내리쏠 틈도 없이
거세게 번지다 사그라지는
사랑은 가망 없이
그렇게 왔다가 가버린다

여인의 밤

차디찬 겨울비 젖은
스산한 밤바람에
가누지 못하는 나뭇가지 끝
요란 떠는 춤사위
우적 소리에 놀란 장독 뚜껑
보름달마저 숨죽여
달빛 감추니

보고픈 사람
억누를 수 없는 그리움에
밤바람 등에 지고
빗소리 향해
목놓아 울어도
누구 하나 알 길 없는
참으로 매정하기만 한
밤이로구나

흔들리는 밤

비바람에
요란히도 울부짖는 숲 길
달빛마저 몹시 나부끼는 칠흑 같은 밤
내 마음도 흔들리기를 바랐다

미련하게도
가늘 수 없이 술에 넋을 뺏겨
드문드문 비취는 달빛 사이로
괜한 한풀이만 늘어놓더니

곧게 뻗은 대나무보다
한 번쯤은 바람에 쓰러져 본
들꽃이었으면 했다고

여름 한철
아니 못 산다 했던
눈부시게 아름다운 사람
매일 밤 적어본 이름
함께 살자 붙잡은 다정한 손
아니 놓으려 했다고

그리하였다면
그렇게 하였다면
시답지 아니한 모난 성질
굳게 닫은 입술
내보이지 않았을 터라고

떨어지는 눈물 훔치다
주마등처럼 스쳐가는 기억
거친 비바람에 등 떠밀려
숲 길 사이
산 만한 고목나무와
나란히 흔들리기를 바랐다.

포토그래퍼_유경태

치유

당신의 아픔이 온전히
이 비 때문이기를...

천국의 강

빛과 소리가 유하니
상념은 무형의 자유요
은하수 담은 신비의 강 언저리 넘어
청연한 폭포수 아래
말벗되어 한차례 쉬다 가오.

긴긴밤

못다 한 말
쓰고 지우기를 반복하다
삼켜야만 하는
쓰라린 밤

나날 오가던 밤낮
전하고 싶었던 눈에 밟힌 말
끝내 참아야 하는
너무 이른 말

애타는 내 마음
아는지 모르는지
삐쭉거리는
심술 난

어여쁜 입술로
매서운 가시꽃 내밀어
잠 못 들게 하는
긴긴밤

강이 닿는 자리

강이 닿는 자리
고요의 숨소리
강바람의 풀냄새로
치유되는 시간의 공간

물길의 혼이 쉬고
극락의 색이 피는 터
풍파를 잊고
그리워하다
눈으로 말하고
눈물로 쓰는 곳

현실과
꿈이 맞닿는
신비의 교점
삶을 마주하는 접점

오월에 피는 꽃

오월에 피는 나의 시
너가 작약꽃으로 피면
만개한 꽃내음 가득
너로 품은 연정이
한 잎사귀마다 물들어
내 시는 온통 꽃밭이라

아! 아름다운 사람이여!
두근거리는 마음 안고
훑어가는 바람사이로
오월에 피는 꽃이 되어
함초롬히 피어나 주오

벚꽃터널

사월은 눈꽃을 트는 달
수줍은 마음 홍백 빛 꽃잎에 띄우고
둥글고 오목한 자태를 드리우면
가지마다 흐드러지게 핀 꽃잎 조각
행여나 부끄러워 숨어버릴까
연홍 빛깔 꽃비 되어
하늘과 땅이 온통 꽃향이다

사랑에 빠진 연인
향을 쫓는 바람의 길섶 따라
입술을 훔치다 혀끝에 닿은 봄 공기
꿀처럼 달콤한 이 순간
온 세상이 꽃비로 가득한 거리
손끝 맞닿은 나무들 사이
사방이 온통 벚꽃터널이다.

어머니의 감자볶음

밥상을 지키는 어머니의 감자볶음
내 젓가락질에 미끄러져 도통 집어 지지 않아 얄궂다
요리조리 집어 보아도 내 기에 지지 않으려고
반지르르한 속 살을 쉽게 내주지 않을 때마다
어르고 달래기도 하고, 두 입술 물어가며 겁을 내보기도 한다
지쳐 뉘어져 있는 한풀 꺾인 감자볶음
입안 가득 사브작 씹히는 맛이 어머니의 고향 같다
모락 모락 김이 오르는 어머니의 흰쌀밥 위에
맛깔스러운 모양새로 꾀어낼 때마다
아리땁기도 하고 어여쁘기도 하다

소녀에게

깊은 밤
잠 못 드는 소녀
새벽녘 홀로 뜬 달을 붙잡고
무슨 까닭에 수많은 밤을
지새우려나

달빛 아래
애처로이 부르는 그리운 어머니
사무치게 보고프다
또 보고프다
굽어진 작은 어깨 들썩이는
나의 소녀

무엇을 위해
부서져라 살아왔나
기나긴 삶의 여정
에돌아 온 서러움
잠시 잊고

코스모스 꽃 피는 초가을

들녘 귀퉁이 돌아
두 팔 가득 끌어안았던
해맑은 소녀로
되돌아가

이 밤
딸의 품 안에
적적한 마음
기울여 보기를

시작노트 /

나는 어리석게도 세상의 모든 것이 변함없이 지속되기를 바랐다. 탄생과 죽음, 시작과 끝, 만남과 이별, 꽃이 피고 지는 것이 하늘의 별만큼 나를 아프게 했다. 시를 쓰면서 나의 순수함, 어리석음, 욕심, 이기심 등을 거울 보듯 관찰하며 어쩌면 피고 지는 것이야 말로 온전히 아름다운 것이라 깨닫게 되었다. 나의 이상과 잊지 못할 아름다운 추억을 간직한 채 저버리는 것 또한 사랑할 수 있기를 바라는 마음을 시에 녹여 보았다. 나에게 주어진 현재의 순간들이 보석처럼 찬란하게 빛나거나 또는 미어지게 가슴 아프더라도 이 또한 아련한 그리움이자 잊지 못할 추억으로 떠올릴 수 있기를 희망한다. 내가 태어나 사랑했던 세상의 모든 것에게 이 시를 바치고 싶다.

너에게 새벽별이 뜨면

발행 2022년 7월 20일
지은이 송반석, 윤오, 백유나, 김나율, 신윤경, 성지후, 강그림, Princess, 전서윤
라이팅리더 여한솔
펴낸이 정원우
펴낸곳 글ego
출판등록 2019.06.21 (제2019-000227호)
주소 서울특별시 강남구 테헤란로216, 12층 A40호
이메일 writing4ego@gmail.com
홈페이지 http://egowriting.com
인스타그램 @egowriting

ISBN 979-11-6666-167-9